문학과지성 시인선 519

우리가 함께
장마를 볼 수도
있겠습니다

박준 시집

문학과지성사

문학과지성 시인선 519

우리가 함께 장마를 볼 수도 있겠습니다

초판 1쇄 발행 2018년 12월 13일
초판 20쇄 발행 2024년 6월 21일

지 은 이 박준
펴 낸 이 이광호
주   간 이근혜
편   집 조은혜 이민희 박선우 김필균
펴 낸 곳 ㈜**문학과지성사**
등록번호 제1993-000098호
주   소 04034 서울 마포구 잔다리로7길 18(서교동 377-20)
전   화 02)338-7224
팩   스 02)323-4180(편집) 02)338-7221(영업)
전자우편 moonji@moonji.com
홈페이지 www.moonji.com

ⓒ 박준, 2018. Printed in Seoul, Korea

ISBN 978-89-320-3494-2 03810

이 도서의 국립중앙도서관 출판예정도서목록(CIP)은 서지정보유통지원시스템 홈페이지
(http://seoji.nl.go.kr)와 국가자료공동목록시스템(http://www.nl.go.kr/kolisnet)에서
이용하실 수 있습니다. (CIP제어번호: CIP2018039215)

지은이는 2013년 서울문화재단 창작지원금을 수혜했습니다.

문학과지성 시인선 519

우리가 함께 장마를 볼 수도 있겠습니다

박준

시인의 말

어떤 빚은 빛으로 돌아오기도 합니다.
언젠가는 이 말을 전하고 싶었습니다.

2018년 겨울
박준

우리가 함께 장마를 볼 수도 있겠습니다

차례

시인의 말

4부 그 말들은 서로의 머리를 털어줄 것입니다

발문

1부
내가 아직 세상을 좋아하는 데에는

선잠

그해 우리는
서로의 선부름이었습니다

같은 음식을 먹고
함께 마주하던 졸음이었습니다

남들이 하고 사는 일들은
우리도 다 하고 살겠다는 다짐이었습니다

발을 툭툭 건드리던 발이었다가
화음도 없는 노래를 부르는 입이었다가

고개를 돌려 마르지 않은
새 녘을 바라보는 기대였다가

잠에 든 것도 잊고
다시 눈을 감는 선잠이었습니다

삼월의 나무

불을 피우기
미안한 저녁이
삼월에는 있다

겨울 무를 꺼내
그릇 하나에는
어슷하게 썰어 담고

다른 그릇에는
채를 썰어
고춧가루와 식초를 조금 뿌렸다

밥상에는
다른 반찬인 양
올릴 것이다

내가 아직 세상을
좋아하는 데에는

우리의 끝이 언제나
한 그루의 나무와
함께한다는 것에 있다

밀어도 열리고
당겨도 열리는 문이
늘 반갑다

저녁밥을 남겨
새벽으로 보낸다

멀리 자라고 있을
나의 나무에게도
살가운 마음을 보낸다

한결같이 연하고 수수한 나무에게
삼월도 따뜻한 기운을 전해주었으면 한다

84p

받아놓은 일도
이번 주면 끝을 볼 것입니다

하루는 고열이 나고
이틀은 좋아졌다가

다음 날 다시 열이 오르는 것을
삼일열이라 부른다고 합니다

젊어서 학질을 앓은 주인공을 통해
저는 이것을 알았습니다 다행히
그는 서른 해 정도를 더 살다 갑니다

자작나무 꽃이 나오는 대목에서는
암꽃은 하늘을 향해 피고
수꽃은 아래로 늘어진다고 덧붙였습니다

이것은 제가 전부터 알고 있던 것입니다

늦은 해가 나자
약을 먹고 오래 잠들었던
당신이 창을 열었습니다

어제 입고 개어놓았던
옷을 힘껏 털었고

그 소리를 들은 저는
하고 있던 일을 덮었습니다

창밖으로
겨울을 보낸 새들이
날아가는 것도 보았습니다

온몸으로 온몸으로
혼자의 시간을 다 견디고 나서야

겨우 함께 맞을 수 있는 날들이
새로 오고 있었습니다

쑥국

방에
모로 누웠다

나이 들어 말이 어눌해진
아버지가 쑥을 뜯으러 가는 동안

나는 저녁으로
쑥과 된장을 풀어
국을 끓일 생각을 한다

내가 남도에서 자란
얼굴이 검고 종아리가 두꺼운 사내였다면

된장 대신 도다리 한 마리를 넣어
맑게 끓여냈을 수도 있다

낮부터 온 꿈에 그가 보였지만
여전히 말 한마디 없는 것에 서운하다

서향집의
오후 빛은 궂기만 하고

나는 벽을 보고 돌아누워
신발을 길게 바닥에 끌며
들어올 아버지를 기다리고 있었다

그해 봄에

얼마 전 손목을 깊게 그은
당신과 마주 앉아 통닭을 먹는다

당신이 입가를 닦을 때마다
소매 사이로 검고 붉은 테가 내비친다

당신 집에는
물 대신 술이 있고
봄 대신 밤이 있고
당신이 사랑했던 사람 대신 내가 있다

한참이나 말이 없던 내가
처음 던진 질문은
왜 봄에 죽으려 했느냐는 것이었다

창밖을 바라보던 당신이
내게 고개를 돌려
그럼 겨울에 죽을 것이냐며 웃었다

마음만으로는 될 수도 없고
꼭 내 마음 같지도 않은 일들이
봄에는 널려 있었다

사월의 잠

밥 먹고 가. 도라지 무쳐놓은 것도 좀 있는데 금방 차려줄게. 도라지 먹고 트림 안 하면 인삼보다 좋다고 하더라. 아니 그건 겨울 무였나. 하여간 내가 조금 전 깜박 잠이 들었다가 꿈을 꿨는데 안개 자욱한 해변이야.

사람이 하나 쪼그려 앉아 있었어. 얼굴은 안 보이고 뒷모습만 보여. 몇 번 불러도 돌아보지를 않아. 그러면서도 머리도 긁고 종아리도 긁고 뭐가 있는지 몇 번씩 주머니도 뒤적이더라고. 참 나도 나지. 그냥 지나가면 되는데 궁금하기도 하고 오기도 생겨서 몇 걸음 뒤에서 기다리고 섰어.

그런데 요즘 내가 눈도 침침하고 다리도 아프고 하거든. 그게 꿈에서도 그러데. 한참 서 있다가 나도 쪼그려 앉았지. 그러니까 또 새로 기다릴 만하더라고. 올해는 봄꽃도 늦는다는데 사람 하나 기다리는 일이 뭐 어렵나. 그러다 네 소리 듣고 깬 거야.

뭐? 바로 간다고? 밥 안 먹고? 그럼 이거라도 가져가.

받아. 나중에 네가 갚으면 되지. 괜히 잃어버리지 말고
지금 주머니에 넣어. 그럼 가. 멀리 안 나간다. 가. 그냥
가지 말고 잘 가.

문상

한밤

울면서
우사 밖으로 나온 소들은
이곳에 묻혔습니다

냉이는 꽃 피면 끝이라고
서둘러 캐는 이곳 사람들도
여기만큼은 들지 않습니다

그래서 지금은
냉이꽃이 소복을 입은 듯

희고

머지않아 자운영들이 와서
향을 피울 것입니다

목욕탕 가는 길

지난 시월 보름부터
바깥 걸음을 하지 않았던 노승들이
긴 언덕을 내려가고 있습니다

경을 처음 외우는 동자들처럼
떠듬떠듬 앞으로 나아가고 있습니다

아,

그 사람 고향이 양양이야. 말을 할 때마다 먼저 아, 하
는데. 또 말을 이으면서도 아, 하고 내뱉는데. 그게 그곳
사람들의 사투리인지는 모르겠어. 또 모르지. 그 큰 산들
이 언제나 눈앞에 보이니 무슨 말을 하기도 전에 아, 소
리가 절로 나오는 것일 수도. 말을 맺고 나서도 매번 아,
아아, 아.

생활과 예보

비 온다니 꽃 지겠다

진종일 마루에 앉아
라디오를 듣던 아버지가
오늘 처음으로 한 말이었다

연풍

산문을 나오며
그는 두 팔을 벌려
새의 날갯짓을 따라 했다

연한 바람은
우리 사이로 불어 들고

그의 외투가
바람에 날리고

외투에서
빠져나온 실올이

돌계단을 따라 내려가던
내 입술에 달라붙었다

저만치나 가는
걸음을 쫓는 대신

나는 숨 바람을
후후 입술로 불어내며

내연이라는 어려움과
외연이라는 다름을 오래 생각했다

우리의 허언들만이

한해살이풀이 죽은 자리에 다시 한해살이풀이 자라는
둑과 단단히 살을 굳힌 자갈과 공중을 깨며 부리를 벼린
새들의 천변을 마주하면 적막도 새삼스러울 것 없었다
다만 낯선 소리라도 듣고 싶어 얇은 회벽에 귀를 대어보
면 서로의 무렵에서 기웃거렸던 우리의 허언들만이 웅성
이고 있었다

낮과 밤

강변의 새들이
가장 먼저 한 일은
떠나는 일이었다

낮에 궁금해한 일들은
깊은 밤이 되어서야
답으로 돌아왔다

동네 공터에도
늦은 눈이 내린다

2부
눈빛도 제법 멀리 두고

여름의 일

—묵호

　연을 시간에 맡겨두고 허름한 날을 보낼 때의 일입니다 그 허름함 사이로 잊어야 할 것과 지워야 할 것 들이 비집고 들어올 때의 일입니다 당신은 어렸고 나는 서러워서 우리가 자주 격랑을 보던 때의 일입니다 갑자기 비가 쏟고 걸음이 질척이다 멎고 마른 것들이 다시 젖을 때의 일입니다 배를 타고 나갔던 사내들이 돌아와 침과 욕과 돈을 길바닥으로 내던질 때의 일입니다 와중에도 여전히 돌아오지 못한 이들이 있어 사람을 기다리는 사람이 있던 때의 일입니다 아니 갈 곳 없는 이들만 떠나가고 머물 곳 없는 이들만 돌아오던 때의 일입니다 잠에서 깨어났지만 한동안 눈을 감고 있는 일로 당신으로부터 조금 이르게 멀어져보기도 했던, 더해야 할 말도 덜어낼 기억도 없는 그해 여름의 일입니다

초복

동네 사람들에게는 토종닭을 주고 타지 사람들에게는
미리 풀어놓은 폐계를 잡아 주던 삼거리 닭집 진용이네
같은 반을 하는 내내 도시락 반찬으로 닭고기를 싸 오던
진용이는 닭이 물리지 않는다고 했다

미용을 배우던 진용이는 일찍 동네를 떠났고 배달을
도맡아 하던 진용이네 아주머니는 두 해 전 초복, 빗길
위에서 오토바이를 몰다 떠났다

자주 취해 있던 진용이네 아저씨는 나를 알아보지 못
했는지 토종닭을 구별하지 못했는지 간혹 내게 폐계를
주었다

한번은 사 온 닭을 전기솥으로 삶은 적도 있었다 뜸이
들다가도 보온으로 넘어가는 전기솥 탓일까 혹은 그날도
폐계를 받아 온 것일까 닭은 밑도 없이 질겼다 이제 전기
솥은 고칠 만한 곳을 찾지 못하면 버릴 만한 날을 찾을
것이다

설익은 밥을 물에 말아 먹는 것으로 복달임을 대신한
다 진용이는 인천 어디에 있다는 미용실에서 백숙처럼
흰 손으로 사람의 머리털을 자르고 있을 것이다 한참을
자르다가도 멈춰 서서 이 여름 저녁으로 밀려드는 질긴
것들을 물끄러미 바라볼 것이다

손과 밤의 끝에서는

까닭 없이 손끝이
상하는 날이 이어졌다

책장을 넘기다
손을 베인 미인은
아픈데 가렵다고 말했고
나는 가렵고 아프겠다고 말했다

여름빛에 소홀했으므로
우리의 얼굴이 검어지고 있었다

어렵게 새벽이 오면
내어주지 않던 서로의 곁을 비집고 들어가
쪽잠에 들기도 했다

우리들의 천국

곁을 떠난 적이 있다 당신은 나와 헤어진 자리에서 곧
사라졌고 나는 너머를 생각했으므로 서로 다른 시간을
헤매고 낯익은 곳에서 다시 만났다 그 시간과 공간 사이,
우리는 서로가 없어도 잔상들을 웃자라게 했으므로 근처
어디쯤에는 그날 흘리고 온 다짐 같은 것도 있었다

단비

올해 두 살 된 단비는
첫배에 새끼 여섯을 낳았다

딸이 넷이었고
아들이 둘이었다

한 마리는 인천으로
한 마리는 모래내로
한 마리는 또 천안으로

그렇게 가도
내색이 없다가

마지막 새끼를
보낸 날부터

단비는 집 안 곳곳을
쉬지 않고 뛰어다녔다

밤이면
마당에서 길게 울었고

새벽이면
올해 예순아홉 된 아버지와

멀리 방죽까지 나가
함께 울고 돌아왔다

마음이 기우는 곳

열무는 거두었는가? 나는 밭은커녕 광에도 못 들어
가보고 밤차 타고 광주 왔어야 긍께 지난번 그 대학병원
여기 인연이 징해 시아버지 시어머니 여기서 보내드렸
지 애들 아버지도 보름 입원했다가 여기서 갔지 재작년
에 큰애기 암 수술 여서 했지 민옥이? 민옥이가 원무과
그만둔 지가 언젠디 민옥이 타령이여 지 엄마까지 데리
고 이민 갔다니까 이제 병원비도 안 깎아주제 근다고 어
떻게 사람이 신세만 지고 나 몰라라 하는가 몸 아프고 병
들 적마다 쪼르르 와서 앓다 가던 곳인데 좋은 일로도 한
번 와야 쓰지 나무도 처음 기운 쪽으로 자라는 법인게 그
려 딸, 요즘 애들은 딸이 더 좋다 하대 아니 예정일은 며
칠 남았는디 어젯밤 갑자기 배가 아프다고…… 야야 시
방 전화 끊어야 수술 끝난 듯싶소 아침저녁으로 달구새
끼 모이 좀 주고 응응 욕보소잉

목소리

어른들도 상철이라고 했고
아이들도 상철이라 불렀는데
정말 그이의 이름이었는지 잘 모르겠어

그런데 다리가 조금 불편했어
그러면서도 얼마나 잘 뛰는지

비 오면 비 온다고 소리치며 뛰고
누구 집에 낯선 사람 왔다고 뛰고
등꽃 피었다고 뛰고
그믐이라고, 보름이라고 뛰고

그중 목소리가 제일 클 때는
밥 먹고 뛸 때였어

뭘 뭐라고 해
자기 밥 많이 먹었다고
말하면서 뛰는 거지

너도 그만 일어나서 한술 떠
밥을 먹어야 약도 먹지
병도 오래면 정들어서 안 떠난다

일어나, 일어나요

바위

마름 없는 물이 흘러나오던 바위 아래에는 녹빛의 작은 소沼도 하나 있었습니다 밤이면 아이들이 서로의 서투름을 가져와 비벼대었고 새벽에는 무구巫具들이 가지런히 놓이던 곳입니다 촛농과 술병과 인간의 기도와 아린 혀 들이 오방으로 섞였습니다

어느 해 겨울부터 바위에는 부처가 들어앉아 있었습니다 한 젊은 무당이 그려두고 간 부처의 그림이 가부좌를 틀고 잔설을 덮고 있던 것입니다

비와 눈이 많았던 몇 해가 더 지나자 아이들은 바위 앞에 겁을 벗어두고 시내로 떠났습니다 빛에 바랜 부처의 상반신이 먼저 지워졌고 무당들도 바위로 오르지 않았습니다

이제 바위에 그려진 부처 그림은 보이지 않습니다 하늘이 넓어지려 넓어진 것이 아니고 물이 흐르려 흐르는 것이 아니듯 흐릿해지는 일에도 별다른 뜻이 있을까마는

다만 어떤 예의라도 되듯 바위 밑 여전히 진한 녹빛을
내는 소가 쉴 새 없이 몸을 뒤집고 있었습니다

뱀사골

가장 오래

기억하게 되는 꿈은

우리가 태어나기도 전에

누군가가 대신 꾸어준

태몽일 거라며 당신이 웃었습니다

늙은 나무에 하나 열려 있는

복숭아 열매를 따낸 것이

내 태몽이었다고 하자

솔향기 짙은 바람이

어디서 훅 불어 든 일이

자신의 태몽이 있다면
당신은 한 번 더 웃어 보였습니다

오름

산간에 들어서야
안개는 빛과 나에게
품을 내어주었다

서쪽으로 곧장 내려가면
홍씨 성을 가진 사람들이 모인 마을에
오래전 큰 병이 돌았고

해안으로 가면
사람들이 사람들을 죽인 곳도 있다

마을로 드는 길에서도
당신은 신록에 눈을 떼지 못했다

나는 사실 꽃 지고 열매 맺힌 이 길을
다른 사람과 함께 걸은 적이 있었다

한번은 수국이 피어 있었고
다른 한번은 눈이 내렸다

근처에 넓은 목장이 있다고
이야기하고 싶었지만

나의 무렵을
걸어 내려가고 있는
당신의 걸음은 빠르기만 했다

장마
— 태백에서 보내는 편지

그곳의 아이들은
한번 울기 시작하면

제 몸통보다 더 큰
울음을 낸다고 했습니다

사내들은
아침부터 취해 있고

평상과 학교와
공장과 광장에도
빛이 내려

이어진 길마다
검다고도 했습니다

내가 처음 적은 답장에는
갱도에서 죽은 광부들의
이야기가 적혀 있었습니다

그들은 주로
질식사나 아사가 아니라
터져 나온 수맥에 익사를 합니다

하지만 나는 곧
그 종이를 구겨버리고는

이 글이 당신에게 닿을 때쯤이면
우리가 함께 장마를 볼 수도 있겠습니다,라고
시작하는 편지를 새로 적었습니다

메밀국수
— 철원에서 보내는 편지

부지의 여름밤에는 바람이 없습니다 밤이 되어도 화기火氣가 가시지 않을 것 같아 저녁밥을 안치는 대신 메밀국수를 사 오고 돌아왔습니다

동송으로 가면 삼십 년 된 막국숫집이 있고 갈말로 가면 육십 년 된 막국숫집이 있는데 저는 이 시차를 생각하며 혼자 즐거웠습니다 그러고 보니 저번 말한 제 아버지는 사십 년 동안 술을 드셨고 저는 이십 년 동안 마셨습니다

돌아오는 길, 문밖으로 나와 연신 부채질을 하던 이곳 사람들은 하나같이 저에게 저녁을 먹었는지 물었습니다 국수를 먹었다고 대답하기도 했고 몇 분에게는 웃으며 고개만 끄덕였습니다 주인집 어른께는 입맛이 없어 걸렀다고 답했다가 "저녁은 저녁밥 먹으라고 있는 거지"라는 말을 들었습니다

주말에 큰비가 온다고 하니 이곳 사람들은 그 전까지 배추 파종을 마칠 것입니다 겨울이면 그 흰 배추로 만두

소를 만들 것이고요

  그때까지 제가 이곳에 있을지는 모르겠습니다만 요즘
은 먼 시간을 헤아리고 생각해보는 것이 좋습니다 그럴
때 저는 입을 조금 벌리고 턱을 길게 밀고 사람을 기다리
는 표정을 짓고 있습니다 더 오래여도 좋다는 듯 눈빛도
제법 멀리 두고 말입니다

처서

앞집에 살던 염장이는
평소 도장을 파면서 생계를 이어가다
사람이 죽어야 집 밖으로 나왔다

죽은 사람이 입던 옷들을 가져와
지붕에 빨아 너는 것도 그의 일이었다

바람이 많이 불던 날에는
속옷이며 광목 셔츠 같은 것들이
우리가 살던 집 마당으로 날아 들어왔다

마루로 나와 앉은 당신과 나는
희고 붉고 검고 하던 그 옷들의 색을
눈에 넣으며 여름의 끝을 보냈다

연년생

아랫집 아주머니가 병원으로 실려 갈 때마다 형 지훈
이는 어머니, 어머니 하며 울고 동생 지호는 엄마, 엄마
하고 운다 그런데 그날은 형 지훈이가 엄마, 엄마 울었고
지호는 옆에서 형아, 형아 하고 울었다

3부
한 이틀 후에 오는 반가운 것들

능곡 빌라

　몇 해 전 엄마를 잃은 일 층 문방구집 사내아이들이 창
문을 활짝 열어두고 잠을 잔다 벌써 굵어진 종아리를 서
로 포개놓고 깊은 잠을 잔다 한낮이면 뜨거운 빛이 내리
다가도 이렇게 아침저녁으로 찬바람이 들면 덜컥 겁부
터 먼저 나는, 떠나는 일보다 머무는 일이 어렵던 가을이
었다

가을의 말

그렇게 들면 허리 다 나가 짐은 하체로 드는 거야 등갓
잘 보고 모서리 먼저 바닥에 놓아 아니 왼쪽으로 조금 더
왼쪽으로,

가는 말들 지나

외롭지? 그런데 그건 외로운 게 아니야 가만 보면 너
를 생각하는 사람이 있다 그 사람도 외로운 거야* 혼자
가 둘이지 그러면 외로운 게 아니다,

하는 말들 지나

왜 자면서 주먹을 쥐고 자 피 안 통해 손 펴고 자 신기
하네 자면서도 다 알아,

듣는 말들 지나

큰비 지나, 물길과 흙길 지나, 자라난 풀과 떨어진 돌
우산과 오토바이 지나, 오늘은 노인 셋에 아이 둘 어젯밤

에는 웬 젊은 사람 하나 지나, 여름보다 이르게 가는 것
들 지나, 저녁보다 늦게 오는 마음 지나, 노래 몇 자락 지
나, 과원果園 지나, 넘어짐과 일어섬 그마저도 지나서 한
이틀 후에 오는 반가운 것들

* 이문재 시인의 취한 말.

마음, 고개

당신 아버지의 젊은 날 모습이
지금의 나와 꼭 닮았다는 말을 들었다

잔돌을 발로 차거나
비자나무 열매를 주워 들며
답을 미루어도 숲길은 좀처럼 끝나지 않았다

나는 한참 먼 이야기
이를테면 수년에 한 번씩
미라가 되어가는 이의 시체를
관에서 꺼내 새 옷을 갈아입힌다는
어느 해안가 마을 사람들을 말하려다 그만두었다

서늘한 바람이
무안해진 우리 곁으로 들었다 돌아 나갔다

어깨에 두르고 있던 옷을
툭툭 털어 입으며 당신을 보았고

그제야 당신도
내 쪽으로 고개를 돌렸다

사람으로 맞이하지 않아도
좋았을 날들이 이어지고 있었다

호수 민박

민박에서는 며칠째
탕과 조림과 찜으로
민물고기를 내어놓았습니다

주인에게는 미안했지만
어제 점심부터는 밥상을 물렸고요

밥을 먹는 대신
호숫가로 나갔습니다

물에서든 뭍에서든
마음을 웅크리고 있어야 좋습니다

밤이 지나고 새벽이 오면
동네의 개들이 어제처럼 긴 울음을 내고

안개 걷힌 하늘에
별들이 비늘 같은 빛을 남기고

역으로 가는 첫차를 잡아타면
돼지볶음 같은 것을
맵게 내오는 식당도 있을 것입니다

이승이라면
다시는 찾아오지 않을 이곳은
공간보다는 시간 같은 것이었고

무엇을 기다리는 일은
시간이 아니라 공간으로 여겨지기도 했습니다

맑은 당신의 눈앞에, 맑은 당신의 눈빛 같은 것들이

구미로 간다 한번 가보지 않은 구미에는 군화 끈을 목에 걸고 죽은 고참이 살았고 아버지가 세 달 치 임금을 받지 못한 농공 단지가 있고 세상 끝의 맛을 낸다는 음식점들이 있다 얼마 전 우연히 만난 친구도 근방 공단에 새 직장을 얻었다고 했다 구미로 가는 길에서 나는 죽은 고참이 자주 흥얼거리던 노래를 부른다 취한 아버지가 자주 넘어진 골목, 누워 있던 어둠들을 하나하나 기억해본다 가을에는 살아 있는 것만으로 충분한 날들이 있다고 믿는다 유난히 끝을 잘 맺지 못하는 나의 습관을 그대로 둔다 구미로 가는 길, 아니 어딘가로 처음 가는 길은 언제나 멀어서 나는 더 먼 걸음을 하고 있을 당신의 눈을 기릴 수 있다 그런 당신의 눈앞에도 맑은 당신의 눈빛 같은 것들이 설핏 내비쳤으면 한다

나란히

　새벽의 오한은 어깨로 오고 인후와 편도에 농이 오고 눈두덩이가 부어오고 영은 내 목에 마른 손수건을 매어주고 옆에 눕고 다시 일어나 더운물을 가져와 머리맡에 두고 눕고 이상하게 자신도 목이 아파오는 것 같다고 말하고 아픈 와중에도 그런 것이 어디 있느냐고 웃고 웃다 보면 새벽이 가고 오한이 가고 흘린 땀도 날아갔던 것인데 영은 목이 점점 더 잠기는 것 같다고 하고 아아 목소리를 내어보고 이번에는 왼쪽 가슴께까지 따끔거린다 하고 언제 한번 경주에 다시 가보았으면 좋겠다고 하고 몇 해 전의 일을 영에게 묻는 대신 내가 목에 매어져 있던 손수건을 풀어 찬물에 헹구어 영의 이마에 올려두면 다시 아침이 오고 볕이 들고 그제야 손끝을 맞대고 눈의 힘도 조금 풀고 마음의 핏빛 하나 나란히 내려두고

이름으로 가득한
── 증도曾島에서 보내는 편지

머지않아 날은
어두워질 것입니다

인적이 끊긴 길에서 뒤를 돌아보는 것은
지금껏 온 길을 다시 가야 할 길로 만드는 일이지만

오늘은 이곳에
가장자리가 헌 배낭을 내려둘 것입니다

이 동네 사람들은
유난히 원색을 좋아해서

이른 저녁부터
집 안 선반마다 놓인 그릇들은
가난한 제 빛을 밝힐 것입니다

물론 그쯤 가면
당신이 있는 곳에도 밤이 오고

꼭 밤이 아니더라도

허기나 탄식이나 걱정처럼

이르게 맞이하는 일들 역시 많을 것입니다

안과 밖

그 창에도 새벽 올까

볕 들까

잔기침 소리 새어 나올까

초저녁부터 밤이 된 것 같다며 또 웃을까

길게 내었다가 가뭇없이 구부리는 손 있을까

윗옷을 끌어 무릎까지 덮는 한기 있을까

불어낸 먼지들이 다시 일어 되돌아올까

찬술 마셨는데 얼굴은 뜨거워질까

점점 귀가 어두워지는 것 같을까

좋은 일들을 나쁜 일들로 잊을까

빛도 얼룩 같을까

사람이 아니었던 사람 버릴까

그래서 나도 버릴까

그래도 앉혀두고 한 소리 하고 싶을까

삼키려던 침 뱉을까

바닥으로 겉을 훑을까

계수나무 잎은 더 동그랗게 보일까

괜찮아져라 괜찮아져라

배를 문지르다가도 이내 아파서 발끝이 오므라들까

펼친 책은 그늘 같아지고

실눈만 떴다 감았다 할까

죄도 있을까

아니 잘못이라도 있을까

여전히 믿음 끝에 말들이 매달릴까

문득 내다보는 기대 있을까

내어다보면 밖은 있을까

미로의 집

　역과 연결된 지하상가로 들어가 팔 번 출구로 나온 다음 그대로 오 분 정도 걸어오면 전주 회관이 나오고 그 건물을 끼고 우측으로 더 걸어오면 안경원이 나오는데 거기서 길을 건너 두번째 골목으로 들어오면 내가 살고 있는 붉은 벽돌집이 있다 그 집의 오전에는 해가 들고 오후에는 아무도 오지 않는다

종암동

좀처럼 외출을 하지 않는 아버지가
어느 날 내 집 앞에 와 계셨다

현관에 들어선 아버지는
무슨 말을 하려다 말고 눈물부터 흘렸다

왜 우시느냐고 물으니
사십 년 전 종암동 개천가에 홀로 살던
할아버지 냄새가 풍겨와 반가워서 그런다고 했다

아버지가 아버지, 하고 울었다

천변 아이

게들은 내장부터 차가워진다

마을에서는 잡은 게를 바로 먹지 않고
맑은 물에 가둬 먹이를 주어가며
닷새며 열흘을 더 길러 살을 불린다

아이는 심부름길에 몰래
게를 꺼내 강물에 풀어준다

찬 배를 부여잡고
화장실에 가는 한밤에도

낮에 마주친 게들이 떠올라
한두 마리 더 집어 들고 강으로 간다

멸치

멸치 상자에서 작은 새우를 몇 개 골라낸 일로 기뻐했
다 팬에 기름을 두르지 않고 약한 불로 볶아내면 비린내
가 가신다 거처를 뒤집을 때마다 나는 영원이라는 말을
떠올렸지만 연민과 자생과 녘이라는 말을 주로 골랐다
천식약을 늘 챙겨 먹던 당신은 이가 무를 것이고 내일은
온종일 바닷바람을 맞다 방으로 돌아오겠다 잔기침이 나
오려 할 때마다 목을 가다듬어 당신이 내던 기침 소리를
흉내 내보면 곧 돌아올 메아리가 반갑기도 할 것이다

가을의 제사

아욱 줄기가 연해지기 시작하면
우리의 제사도 머지않았다는 이야기입니다

그러면 저는 시장에 나가
참조기와 백조기를 번갈아 바라보거나
알 굵은 부사를 한참 동안 만지다 내려놓고는

우리가 함께 신어도 좋았을
촘촘한 수의 양말을
무늬대로 골라 돌아오곤 했습니다

4부
그 말들은 서로의 머리를 털어줄 것입니다

숲

오늘은 지고 없는 찔레에 대해 쓰는 것보다 멀리 있는 그 숲에 대해 쓰는 편이 더 좋을 것입니다 고요 대신 말의 소란함으로 적막을 넓혀가고 있다는 그 숲 말입니다 우리가 오래전 나눈 말들은 버려지지 않고 지금도 그 숲의 깊은 곳으로 허정허정 걸어 들어가고 있을 것입니다 오늘쯤에는 그해 여름의 말들이 막 도착했을 것이고요 셋이 함께 장마를 보며 저는 비가 내리는 것이라 했고 그는 비가 날고 있는 것이라 했고 당신은 다만 슬프다고 했습니다 하지만 오늘은 그 숲에 대해 쓸 것이므로 슬픔에 대해서는 쓰지 않을 것입니다 머지않아 겨울이 오면 그 숲에 '아침의 병듦이 낯설지 않다' '아이들은 손이 자주 베인다'라는 말도 도착할 것입니다 그 말들은 서로의 머리를 털어줄 것입니다 그러다 겨울의 답서처럼 다시 봄이 오고 '밥'이나 '우리'나 '엄마' 같은 몇 개의 다정한 말들이 숲에 도착할 것입니다 그 먼 발길에 볕과 몇 개의 바람이 섞여 들었을 것이나 여전히 그 숲에는 아무도 없으므로 아무도 외롭지 않을 것입니다

겨울의 말

저쪽 밭은 그냥 두려고, 그이도 이제 모를 텐데 땅도
좀 쉬어야지, 망초든 개망초든 알아서 자라고 피다가 한
칠월쯤 되면 희고 희어져서 여기서 보면 꼭 메밀 심은 것
처럼 보일 거야, 너 그쯤 오려거든 이번처럼 꽃 사 오지
말고 술 사 와라, 아니 그냥 빈손으로 와, 대신 꼭 와, 하
는 말 흘러.

내가 원래 이렇게 울어, 어려서부터 그랬어, 청계천 양
복점에서 일할 때 손에 기름은 늘 묻어 있지, 슬픈 생각
은 자꾸 나지, 무엇으로 닦냐, 팔뚝으로 문질러가며 우는
거지, 이렇게 울면 우는 것처럼 보이지도 않아, 그때부터
버릇이 됐어, 하는 말 흘러.

이름이 왜 수영이에요? 왜 수영인 것이에요? 제가 수
영이라는 사람을 오래 좋아했었거든요, 그런데 죄송하지
만 수영이가, 수영이가 그쪽 이름이 아니면 안 될까요?
하는 말 흘러.*

무주와 구천동 그리고 장계 흘러, 큰 바람과 높은 고개

흘러, 낯을 가리는 오랜 버릇 흘러, 불타 죽는 사람이 없던 새벽 흘러, 끼니를 거르고 맞이하는 오후 흘러, 담아둔 생각과 하지 않아도 좋을 생각 흘러, 눈을 감으면 뒤도 돌아보지 않고 떠나온 이의 얼굴이 성큼 다가와 있고, 그마저도 흐르르 흐르고 흘러서, 다시 제자리로 돌아와 가지런히 발을 모으고 있는 말들.

    * 함양, 이수의 말.

좋은 세상

── 영아

눈은 다시 내리고
나는 쌀을 씻으려
며칠 만에 집의 불을 켭니다

섣달이면 기흥에서
영아가 올라온다고 했습니다
모처럼 얻는 휴가를
서울에서 보내고 싶다는 것입니다

지난달에는 잔업이 많았고
지지난달에는 함께 일하다
죽은 이의 장례를 치르느라
서울 구경도 오랜만일 것입니다

쌀은 평소보다 조금만 씻습니다

묵은해의 끝, 지금 내리는 이 눈도
머지않아 낡음을 내보이겠지만

영아가 오면 뜨거운 밥을
새로 지어 먹일 것입니다

언 손이 녹기도 전에
문득 서럽거나
무서운 마음이 들기도 전에

우리는 밥에 숨을 불어가며
세상모르고 먹을 것입니다

남행 열차

자리는 비좁고
우리는 난민 같았습니다

종일 앉아만 있어도
손톱 밑이 검어지는
마음이 가난한 나라의 국민이었습니다

열차는 오래전 죽은 영부인이
태어난 군郡을 지나고 있습니다

그러면 큰 바위 밑 석굴을
공양간으로 삼고 있다는 절도
그리 멀지 않을 것입니다

이번 해의 끝은
낡고 비려서

데워진 구들이라면
어디든 가서 눕고 싶었습니다

곧 터널로 들어갑니다
슬퍼하고 있는 사람들의 몸짓은
언제나 느린 것이라 생각하다가도

달 구경하듯
별 구경하듯

객실의 흐린 독서등을
올려다보고 있었습니다

잠의 살은 차갑다

깊은 잠에 빠진 살은 차다

간장에 양지를 졸이는 꿈을
며칠 이어 꾼 것을 두고
나는 마음으로 즐거워했다

으레 그럴 때면
외투를 한 겹 더 입었다

겨울옷들의 소매는 언제나 길고
나는 삐져나온 손끝을 보며

얼마 남지 않은 욕실의 치약과
굳은 치약을 힘주어 짜냈을
안간힘에 대해 생각했다

물건을 새로 뜯지 못하는
나의 버릇을 병이라기보다는
몸가짐이라 부르고 싶었다

이 겨울과 밤과 잠과
아직 이른 순筍과 윗바람 같은 것들은

출현보다 의무에 가까웠으므로
불안은 누구의 것도 아니었다

큰 눈, 파주

파주에 와서야
시간을 긴 눈으로 본다

아침에는
두껍고 무거운 이불을
개지 않아도 되어 좋았고

점심에는
개를 잡았다며
아랫집에서 수육을 삶아 왔다

아버지에게는
단호박을 쪄 온 것이라고만 말해두었다

수육이 담겨 있던 접시를 씻어
아랫집으로 간다

그 집 마당에는
이제 혼자 묶여 있는 개가

흰 두개골을 옆에 두고
언 땅을 자꾸만 파 내려가고 있었다

내일은 큰 눈이
온다고 하고 그러면
나에게도 그 개에게도

발에 밟히는 눈의 소리가
재미있게 들릴 것이다

살

아이를 가졌다는 무당의 걸음은 분주했습니다 "여기서부터 길이 좁아지니 자네는 따라오지 마시게, 기운이 아직 남았거든 절이나 더 올리고 있게" 처음 와보는 구례의 낯선 산에는 지난해 내린 잔설이 그득했습니다 잔설은 봄을 맞으면서 저마다 색을 가졌고 저는 입으로 바닥을 후후 불어내다가 이마를 낮게 대었다가 떨어진 편백나무의 껍질이나 만지작거렸습니다 북쪽의 절벽 위로 올라간 무당이 나뭇가지 끝에 제 속옷을 묶어두고 다시 절벽 반대편으로 가 당신 몫의 속옷을 태웠습니다 당신이 입은 적 없고 입을 리도 없는 저 희고 평평한 속옷, 사실 저는 당신이 저 희고 평평한 속옷을 입을 때까지 함께 살아보고 싶기도 했습니다 같이 오래 살아서 당신이 끝끝내 숨겨오던 것들에게 우리가 함께하지 못한 그해 여름이나, 폐가 아픈 내 가족의 내력이나, 연한 나의 마음들을 번화하게 하고 싶었습니다 눈 같은 재가 하늘로 날고 날아들고 날아가고 무당은 비탈을 내려오다 말고 아랫배에 손을 오래 짚었습니다

겨울비

비는 당신 없이 처음 내리고 손에는 어둠인지 주름인
지 모를 너울이 지는 밤입니다 사람을 잃은 사람들이 모
여 있다는 광장으로 마음은 곧잘 나섰지만 약을 먹기 위
해 물을 끓이는 일이 오늘을 보내는 가장 중요한 일이 되
었습니다 한결 나아진 것 같은 귓병에 안도하는 일은 그
다음이었고 끓인 물을 식히려 두어 번 저어나가다 여름
의 세찬 빗소리를 떠올려보는 것은 이제 나중의 일이 되
었습니다

오늘

마늘을 한 접 더 사 오는 것으로 남은 겨울을 준비합니다 그대로 두어야 할 것은 분명하지만 새로 들여야 할 것을 잘 알지 못하는 탓에 반쯤 낡았고 반쯤 비어 있는 채로 새해를 맞습니다 어제는 '들'이라 적어야 할 것을 '틀'로 잘못 적었지만 고치지 않았습니다 달라질 것은 이제 많지 않습니다 내일은 바람이 잦아든다고 하니 구경을 겸해 뒷산을 오를 것입니다 며칠 전 내린 큰 눈이 아직 나무들 위에 쌓여 있을 테고 그러다 어디서 바람이라도 불어오면 날리는 백매白梅를 함께 보았던 사월도 부럽지 않을 것입니다

입춘 일기

비가 더 쏟기 전에 약국에 다녀왔습니다 큰길에는 사람을 만나는 사람이 많았습니다 이제 시내는 모르는 사람들이 사는 곳입니다 돌아오는 길에는 "처연凄然이 가까워졌다면 기억은 멀어졌다"라는 메모를 해두었습니다 비를 맞듯, 달갑거나 반가울 것 하나 없이 새달을 맞고 있었습니다

세상 끝 등대 3

늘어난 옷섶을 만지는 것으로 생각의 끝을 가두어도
좋았다 눈이 바람 위로 내리고 다시 그 눈 위로 옥양목
같은 빛이 기우는 연안의 광경을 보다 보면 인연보다는
우연으로 소란했던 당신과의 하늘을 그려보는 일도 그리
낯설지 않았다

조금 먼저 사는 사람

신형철
(문학평론가)

조촐하게 시작된 박준의 시 쓰기가 많은 독자를 얻어나가는 과정을 얼마간 조마조마한 심정으로 지켜본 이들이 있을 것이다. 나도 거기에 속한다. 이 예외적인 성공이 그의 시에 대한 진지한 논의를 가로막는 일이 될까 염려되었다. 팔리는 책만 따라 읽는 일도 바람직하지 않지만 팔리는 책이라면 무조건 낮춰 보는 것 역시 경박한 일인데 세상에는 그런 사람들도 있는 것이다. 그런 협량한 선입견 없이 박준의 시를 읽으면 그의 시가 갖춘 미덕이 눈에 더 넓게 들어올 것이다. 한국어로 시를 쓰고 읽어온 백 년의 역사가 우리에게 새겨놓은 심미적 유전 형질 같은 것이 그의 시에는 있다. 그가 첫 시집에서 뜻밖에도 우리가 정철鄭澈의 가사에서나 보았을 '미인美人'이라는 말의 옛 쓰임새를 되살렸던 것만을 말하는 것이 아니다. 그 말을 포함해서, 한국어가 섬세하게 운용될 때만 전달되는 감정이 있는데, 그의 시는 그것에 대한 어떤 고고학적 그리움에 응답해온다.

> 당신은 무슨 일로
> 그리합니까?
> 홀로이 개여울에 주저앉아서
>
> ─ 김소월, 「개여울」 부분

> 내 혼자 마음 날같이 아실 이
> 그래도 어디나 계실 것이면
>
> ─ 김영랑, 「내 마음 아실 이」 부분

잘 알려진 대로, '북에 소월素月, 남에 영랑永郎'이라고 불린, 한국 서정시 어법의 기원에 해당하는 두 시인의 시다. 김소월은 날마다 개여울에 나와 앉아 있는 이에게 "왜 그러고 있습니까?"라고 묻지 않고 "무슨 일로/그리합니까?"라고 묻는다. "그리합니까?"가 운율 때문에 글자 수를 줄이다 보니 생긴 결과라 할지라도 그 덕분에 타인에 대한 호기심이 그에 꼭 필요한 연민 어린 조심스러움을 얻게 됐다. 김영랑은 '내 마음을 나만큼이나 잘 아는 사람'을 "내 혼자 마음 날같이 아실 이"

라고 표현했다. '나만큼'이나 '나처럼'이 아니라 '날같이'여서 다행이라고 생각하는 마음이 백 년간 한국 시를 읽어온 이들의 마음이다. 소월과 영랑의 이런 선택 속에 무슨 형이상학이나 정치사상이 담겨 있지는 않다. 그러나 한국 시를 쓰고 읽는 이들의 공동체는 이런 작은 차이의 가치를 함께 알아보는 뿌듯함으로 움직인다. 박준의 희소한 가치는 그가 같은 세대의 시인들 중 드물게도 모국어의 이런 역사적 심미성을 귀하게 여긴다는 데 있다.

기원을 환기하기 위해 소월과 영랑까지 올라가본 것이지만 이 시인에게 직접적인 영향을 준 이는 역시 백석이라고 해야 할 것이다. 언어와 구조 모두 그렇다. 먼저 언어에 대해 말하자면 백석 외에도 후대 시인으로 허수경이나 이병률의 영향도 있어 보인다. 관념어를 거의 쓰지 않고(관념어를 사용한 「연풍」이나 「잠의 살은 차갑다」 같은 시가 그리 성공적인 결과를 낳지 못했다는 점은 주목할 만하다) 또 경어체를 자주 구사한다는 점에서("~할 것입니다"나 "~일 것입니다"라는 종결어미를 박준처럼 자주/잘 쓰기도 쉽지 않다) 특히 그렇다. 구조에 대해 말하자면 기승전결 없는 '삽화'를 툭 던져놓는 방식이 눈에 띄는데(「문상」「목욕탕 가는 길」「생활과 예보」 등), 이것 역시 백석의 짧은 시들이 모델일 테고 후대 시인으로는 김종삼이나 이시영의 영향도 받았을 것이다. 시인 자신은 제 시를 두고 "머뭇머뭇거리다가 몇 마디 늘어놓고 안녕히 계세요 하고 떠나는 사람의 뒷모습"(『오늘의 문예비평』 2017년 여름호) 같은 것이라고 한 적이 있는데 적절한 자평으로 보인다.

영향과 계보를 정리하는 작업은 다른 곳에서 본격적으로 할 일이고, 여기서는 그의 두번째 시집 출간을 축하하며 이번 시집에 대한 내 독후감을 짤막하게 적는 것으로 만족해야 한다. 「그해 봄에」(1부), 「여름의 일」(2부), 「가을의 말」(3부), 「겨울의 말」(4부) 등의 시가 각 부에 놓여 있는 것으로 짐작할 수 있듯이, 이번 시집의 각 부는 사계절에 대응한다. 이 구조를 따라가면서 개별 시편을 온전히 인용 감상하는 글도 가능할 텐데, 그보다는 다소 편의적인 부분 발췌를 무릅쓰더라도 이 시집 전체를 아우르는 '나'의 독특함에 대해 말해보려고 한다. 박준의 '나'는 시인 박준을 닮았다. 박준 자신이 한국어로 씌어지는 시의 작은 차이들을 음미할 줄 아는 시인인 것과 마찬가지로, 박준의 '나'는 다가오는 작은 차이들에 반응하고 스스로 그 작은 차이를 만들어내는 사람이다. 그 '나'를 작은 차이들의 연인이라고 하자. 이 시집은 그 작은 차이들의 생가生家다.

그해 우리는
서로의 섣부름이었습니다

같은 음식을 먹고
함께 마주하던 졸음이었습니다

남들이 하고 사는 일들은
우리도 다 하고 살겠다는 다짐이었습니다

발을 툭툭 건드리던 발이었다가
화음도 없는 노래를 부르는 입이었다가

고개를 돌려 마르지 않은
새 녘을 바라보는 기대였다가

잠에 든 것도 잊고
다시 눈을 감는 선잠이었습니다

—「선잠」 전문

　당신이 펼친 것은 박준의 시집이 맞다고 말하기라도
하듯, 이 시집의 첫 시는 "그해"라는 시어로 시작된다.
아마도 그의 시와 산문에 가장 자주 등장하는 말이 "그
해"일 것이다. 그는 "그해"라고 말문을 여는 순간 쓸 것
이 떠오르는 사람인 것처럼 보인다. 돌아보며 씌어지
는 글만이 아름다워질 수 있다는 듯이 말이다. 보다시

피 "우리는 ~이었습니다"의 구문으로 여섯 개의 연聯이
만들어졌다. 1연에서 "서로의 섣부름"이라는 표현은 절
묘하다. 섣부른 인연이었지만 공평한 미숙함이었다는
뜻이다. 피차 그러했으니 한쪽만 상처받을 일은 당연히
아니었고, 이제는 돌아갈 수 없어 그립기까지 한 미숙
함이 되었다. 그래서 2연부터 그해의 일들은 돌아볼 때
만 발생하는 빛으로 감싸이기 시작한다. 그해의 빛 속
에는 나른한 일상이 있었고(2연), 결코 무리랄 수 없는
작은 욕심들도 있었으며(3연), 언어 없이도 공유되는 낙
관의 기운이 있었고(4~5연), 선잠과도 같은 어떤 절대
적인 평화가 있었다(6연).

한때 많이 읽히다가 이젠 거의 잊힌 『시학의 근본 개
념』(에밀 슈타이거, 오현일·이유영 옮김, 삼중당, 1978)이
라는 책에는 서정의 근본 형식이 '회상'(Erinnerung, 국역
본에는 '회감')이라고 적혀 있다. 단지 돌아본다는 의미
만은 아니고, 돌아볼 때 발생하는 주체와 객체 사이의
거리 소멸, 즉 서정적 융화融和가 시의 본령이라는 것이
다. 박준의 시 중에도 이런 의미에서 회상의 산물들이
자주 발견된다. 그런데 그에게서 흥미롭게 나타나는 현
상은 그 회상의 시들을 '현재에서 과거를 돌아본다'는
상황만이 아니라 '과거가 현재에 도착한다'고 말해야 할
상황으로 그리기를 좋아한다는 점이다. 집에 들어서자
마자 40년 전 할아버지의 냄새가 훅 끼쳐와 눈물을 쏟

고 마는 아버지를 그린 시 「종암동」이 전형적인 사례다. 이렇게 말해보면 어떨까. 박준의 '나'는 과거의 일이 현재로 이어진다는 사실에 관심이 많은 사람이다. 특히 말에 대해서 더욱 그렇다.[1] 과거의 어떤 말들이 시간을 건너 현재의 내게로(어딘가로) 도착하는(흘러가는) 순간을 그리는 시가 이렇게 많다.

우리가 오래전 나눈 말들은 버려지지 않고 지금도 그 숲의 깊은 곳으로 허정허정 걸어 들어가고 있을 것입니다 오늘쯤에는 그해 여름의 말들이 막 도착했을 것이고요
　　　　　　　　　　　　　　　　　　　―「숲」 부분

외롭지? 그런데 그건 외로운 게 아니야 가만 보면 너를 생각하는 사람이 있다 그 사람도 외로운 거야 혼자가 둘이지 그러면 외로운 게 아니다,

하는 말들 지나

왜 자면서 주먹을 쥐고 자 피 안 통해 손 펴고 자 신기

1　그의 산문집 『운다고 달라지는 일은 아무것도 없겠지만』(난다, 2017)에는 「어떤 말은 죽지 않는다」라는 글이 있다. "말은 사람의 입에서 태어났다가 사람의 귀에서 죽는다. 하지만 어떤 말들은 죽지 않고 사람의 마음속으로 들어가 살아남는다"(p. 19).

하네 자면서도 다 알아,

듣는 말들 지나

—「가을의 말」 부분

이름이 왜 수영이에요? 왜 수영인 것이에요? 제가 수
영이라는 사람을 오래 좋아했었거든요, 그런데 죄송하지
만 수영이가, 수영이가 그쪽 이름이 아니면 안 될까요?
하는 말 흘러.

[……] 흐르르 흐르고 흘러서, 다시 제자리로 돌아와
가지런히 발을 모으고 있는 말들.

—「겨울의 말」 부분

맨 앞의 시는 박준의 것 중에서는 드물게도 일상보다
는 환상을 그린 경우다. 그는 뱉어진 말들이 사라지지
않고 모여드는 어떤 숲을 상상한다. "그해 여름"에 셋
이 장마를 보며 나눈 말들이 오늘쯤에는 그 숲에 도착
할 것이다.[2] 이것은 그해 여름의 말들, 이를테면 장마를
보며 "슬프다"라고 한 너의 말을 오늘쯤에는 이해할 수

---

2   그 셋의 말은 산문집에 "비"라는 제목으로 씌어진 문장들과 닮았
다. "그는 비가 내리는 것이라 했고 나는 비가 날고 있는 것이라
했고 너는 다만 슬프다고 했다"(p. 32).

있을 것 같다는 뜻일 수 있다. 그가 다른 시에서 "낮에 궁금해한 일들은/깊은 밤이 되어서야/답으로 돌아왔다"(「낮과 밤」)라고 적은 것처럼 말이다. 그렇게 그 숲에는 언젠가의 말들이 하나씩 도착할 것이고, '말들이 서로의 머리를 털어줄' 시간, 그러니까 우리가 시간 차를 두고 서로를 이해하는 다정한 때가 올 것이다. 뒤의 두 시는 누군가의 말이 '나'에게로(시인의 시로) 도착하는 과정 그 자체를 눈앞에서 보듯 보여주겠다는 듯이 독특한 표현 방식을 택했다. 이에 따르면 지금 한 편의 시는 그동안 그가 들은 많은 인상적인 말들을 '지나' 또는 '흘러' 여기에 도착한 말들로 이루어진다.

좀 거창하게 말하면 방금 우리는 박준의 시간관에 대해 이야기한 것이다. 과거는 더 먼 과거로 흘러가버리는 것이 아니라 때가 되면 지금 이곳으로 거슬러 올라온다는 것이 그의 시간관이다. 그렇다면 이제 다음과 같은 생각을 잇달아 해보는 것은 논리적으로 당연한 일이다. 과거가 현재로 이어져오는 것이라면, 지금의 이 현재도 언젠가 미래로 이어져갈 것이 아닌가? 그러니까 이 시인이 살아가는 시적 시간에는 두 층위가 있는 것인데, 그는 현재로 오는 과거를 기다리기만 할 것이 아니라, 미래에 도착할 현재를 정성껏 살아가기도 해야 하는 것이다. 전자를 회상이라 불렀으니 후자를 예감이라고 불러야 할까. 이제 이 후자에 대해서 말하기로 하

자. 현재가 미래에 도달할 것을 생각하는 사람은 곧 다
가올 미래를 생각하며 준비하는 삶을 산다. 그래서 박
준이 유난히 자주 구사하는 종류의 문형이 바로 다음처
럼 현재에서 미래를 지시하는 문장들이다.

받아놓은 일도
이번 주면 끝을 볼 것입니다
　　　　　　　　　　　　　　　　　—「84p」 부분

머지않아 날은
어두워질 것입니다
　　　　　　　　　　　　　—「이름으로 가득한」 부분

아욱 줄기가 연해지기 시작하면
우리의 제사도 머지않았다는 이야기입니다
　　　　　　　　　　　　　　　—「가을의 제사」 부분

이것은 모두 시의 첫 문장들이다. 그러니까 박준은
"그해"라고 하는 순간 첫 문장을 쓸 수 있게 되는 시인
이기도 하지만, 조금 후에 다가올 시간들을 생각할 때
첫 문장이 떠오르곤 하는 시인이기도 하다. 미래를 내
다보는 일로 현재를 살아가는 사람, 나는 바로 여기에
박준의 '나'의 비밀 중 하나가 잠겨 있다고 생각한다. 현

재를 살면서도 미래를 염두에 두는 마음은 현재를 미래에 선물로 주려는 마음이다. 누구에게? 그는 과거에서 건너오는 것으로 시를 쓰는 사람이니, 미래의 자신을 위해 현재를 살아갈 필요가 있다. 그러니까 현재 내 삶의 어떤 순간순간이 미래의 시가 된다는 마음, 시인인 내가 미래에 일용할 양식을 미리 준비하는 마음이다. 그러나 그는 시를 쓰는 사람만이 아니라 사람을 사랑하는 사람이기도 하므로, 미래로 선물을 보내는 마음은 나만이 아니라 당신을 위한 마음이기도 하다. 바로 이 마음을 잘 드러낸, 그래서 편지 형식이어야만 했을 두 편의 시가 아래에 있다.

주말에 큰비가 온다고 하니 이곳 사람들은 그 전까지 배추 파종을 마칠 것입니다 겨울이면 그 흰 배추로 만두 소를 만들 것이고요

그때까지 제가 이곳에 있을지는 모르겠습니다만 요즘은 먼 시간을 헤아리고 생각해보는 것이 좋습니다 그럴 때 저는 입을 조금 벌리고 턱을 길게 밀고 사람을 기다리는 표정을 짓고 있습니다 더 오래여도 좋다는 듯 눈빛도 제법 멀리 두고 말입니다

—「메밀국수」 부분

내가 처음 적은 답장에는
갱도에서 죽은 광부들의
이야기가 적혀 있었습니다

그들은 주로
질식사나 아사가 아니라
터져 나온 수맥에 익사를 합니다

하지만 나는 곧
그 종이를 구겨버리고는

이 글이 당신에게 닿을 때쯤이면
우리가 함께 장마를 볼 수도 있겠습니다,라고
시작하는 편지를 새로 적었습니다

　　　　　　　　　　　　　　　—「장마」 부분

　앞의 시를 보면 그는 자신이 어떤 사람인지 잘 알고
있는 듯 보인다. 주말이 오면, 그리고 겨울이 오면, 그때
사람들은 어떻게 살아갈 것인지를 그는 헤아려보는데,
그러면서 그맘때 자신은 또 무엇을 하고 있을지를 생각
해보는 것이다. 이렇게 "먼 시간을 헤아리고 생각해보
는 것"이 그는 좋은데, 그럴 때 그가 "사람을 기다리는
표정"을 하게 되는 이유는 무엇인가. 그에게 미래는 '당

신과 함께 보낼 수도 있을' 시간이기 때문이다. 뒤의 시에서는 그 마음이 더 또렷하다. 이 시에서 그는 편지를 두 번 쓴다. 우리의 삶이 이미 일어난 아픈 일들을 잊지 않는 삶이기도 해야 하지만, 우리가 함께 있을 시간들에 대한 예감으로 버텨내는 삶이기도 해야 하겠기 때문이다. 우리는 지금 그의 시간관이 사랑관으로 이어지는 대목에 와 있다. 그래서 그가 "마늘을 한 접 더 사 오는 것으로 남은 겨울을 준비합니다"(「오늘」)라고 쓰면, 이 특별할 것 없는 시간의 문장도 사랑의 문장처럼 보여 두근대는 것이다. 물론 '나'의 사랑에 대해서라면 다른 할 말도 많다.

> 책장을 넘기다
> 손을 베인 미인은
> 아픈데 가렵다고 말했고
> 나는 가렵고 아프겠다고 말했다
> —「손과 밤의 끝에서는」[3] 부분

이런 대목을 보면 박준의 '나'가 하는 사랑이란 '열정적 사랑passionate love'도 아니고 '낭만적 사랑romantic

---

[3] 이 시는 "선잠 2"이라는 제목으로 산문집의 리커버판에 수록된 것과 같은 작품이다.

love'도 아닌 것이 분명하다. 남성 시인의 격정적인 에로스가 상대방을 집어삼키고 자신도 파멸할 듯이 분출하는 순간도 없고, 운명적인 만남으로 삶의 문제가 해결되고 자아의 완성이 이루어질 것이라는 기대도 보이지 않는다. 내 식대로 말하면 그는 작은 차이들의 연인이어서, 그의 사랑도 그저 작은 차이들에 민감한 사랑인 것으로 족하다. 이 작은 차이는 그것을 감지하지 못하는 이에게는 '없는' 차이이지만 일단 감지하기만 하면 '큰' 차이가 된다. 위 시에서 두 사람은 같은 말을 순서만 바꿔 말했지만 이 '작은' 차이에는 '큰' 차이가 있다. 당신은 "아픈데 가렵다"라고 했는데 이는 '아파 보이겠지만 가렵다'는 뜻으로 나를 안심시키려 하는 말이고, 나는 "가렵고 아프겠다"라고 했는데 이는 '가렵기보다는 아프겠다'라는 뜻으로 나는 네 아픔에 집중하고 있음을 알리기 위해 하는 말이다.

이렇게 작은 차이들을 다루는 삶의 기예가 빛을 발하는 대목은 그의 시와 산문에 무수히 많기 때문에 이런 섬세함에 대해서라면 얼마든지 더 쓸 수 있다. 그러나 우리는 다시 그의 시간관과 사랑관이 서로를 의지하고 있다는 이 글의 논지로 되돌아가서, 바로 거기서 '나'의 고유함을 찾아보는 일을 계속해보기로 하자. 앞에서 그를 "미래를 내다보는 일로 현재를 살아가는 사람"이라고 적었는데, 그러니까 그의 사랑도 그렇다는 것이다.

그런 태도는 이를테면 "잠에서 깨어났지만 한동안 눈을 감고 있는 일로 당신으로부터 조금 이르게 멀어져보기도 했던, 더해야 할 말도 덜어낼 기억도 없는 그해 여름의 일입니다"(「여름의 일」)와 같은 구절에서처럼 이별을 연습해보는 방식으로 나타나는 때도 없지 않지만, 대체로는 아래 시에서처럼 더 잘 사랑하기 위한 방법으로 사용되는 때가 더 많다. 그리고 이것이 박준 시의 가장 아름다운 본질에 속하는 대목이다.

늦은 해가 나자
약을 먹고 오래 잠들었던
당신이 창을 열었습니다

어제 입고 개어놓았던
옷을 힘껏 털었고

그 소리를 들은 저는
하고 있던 일을 덮었습니다

창밖으로
겨울을 보낸 새들이
날아가는 것도 보았습니다

온몸으로 온몸으로

혼자의 시간을 다 견디고 나서야

겨우 함께 맞을 수 있는 날들이

새로 오고 있었습니다

——「84p」 부분

　대단한 것이 아니다. 아니, 대단한 것이다. 당신의 기
척에 반응한다는 것은. "그 소리를 들은 저는/하고 있던
일을 덮었습니다". 이런 행동은 "그 소리"를 (자기가 기
다리는 줄도 모르고) 기다려온 사람의 것이다. 보살피기
위해 기다리고 있었으리라. 우리말 '보살피다'는 '살피
다'를 품고 있다. 그러니까 살피지 않으면 보살필 수 없
는 것이다. 무엇을 살피는가? 다가올 시간이 초래할 결
과를 살핀다는 것이다. 이런 보살핌을 우리는 돌봄care
이라 부른다. (현대 사회학/여성학에서 돌봄은 중요한 이
슈이지만 여기서는 단지 박준의 시가 알려주는 대로만 이
해해보기로 하자.) 돌봄이란 무엇인가. 몸이 불편한 사
람을 돌본다는 것은 그가 걷게 될 길의 돌들을 골라내
는 일이고, 마음이 불편한 사람을 돌본다는 것은 그를
아프게 할 어떤 말과 행동을 걸러내는 일이다. 돌보는
사람은 언제나 조금 미리 사는 사람이다. 상대방의 미
래를 내가 먼저 한 번 살고 그것을 당신과 함께 한 번

더 사는 일.

비 온다니 꽃 지겠다

진종일 마루에 앉아
라디오를 듣던 아버지가
오늘 처음으로 한 말이었다
                              —「생활과 예보」 전문

나이 들어 말이 어눌해진
아버지가 쑥을 뜯으러 가는 동안

나는 저녁으로
쑥과 된장을 풀어
국을 끓일 생각을 한다
                              —「쑥국」 부분

이런 구절들이 어떻게 시가 될 수 있는가. 비가 온다
는 예보를 듣고 아버지는 꽃이 살아야 할 미래를 생각
한다. 그래서 뭘 어쩌겠다는 것도 아니다. 그냥 꽃의 미
래에 미리 다녀가보는 것이고, 무언가의 삶을 조금 미
리 살아보는 것이다. 이 시인이 아버지의 저 심상한 말
한마디로도 시가 될 수 있다고 믿었다는 것은 이 말에

담겨 있는 사랑의 방식이 시인에게는 중요한 것이었다는 뜻이다. 이런 아버지의 아들답게 그도 아버지를 위해 조금 미리 살아보기로 한다. 아버지는 꽃의 미래를 생각만 했지만 아들은 아버지의 미래를 위해 무엇을 해보려고 한다. "국을 끓일 생각을 한다"(「쑥국」). "생각을 한다"라고 적었다. ('생각한다'가 아니다.) 이런 마음먹기를 흔히 '작정作定'이라고 하지만 나는 '작정作情'이라고 바꿔 적어본다. 돌봄을 위한 작정, 그것이 박준의 사랑이다.

그런데 여기서 덧붙여야 할 것은 돌봄은 왼손이 하는 일을 오른손이 모르게 하는 일이 아니라, 적어도 돌봄을 받는 너는 알도록 하는 게 좋다는 것이다. 내가 누군가의 돌봄을 받고 있다는 사실을 느끼는 일의 따뜻함까지도 돌봄의 일부이기 때문이다. (그것 없이 제공되는 돌봄을 우리는 서비스라 불러 구별한다.) '내가 너를 돌본다는 사실로 너를 돌보는' 좋은 방법 중 하나는 너를 위해 음식을 준비하는 일이다. 그래서 박준의 '나'는 자주 요리를 한다. 아니, 박준에게 요리라는 말은 어울리지 않는다. '당신이 먹으면 좋을 것을 좀 만들어두는 일' 정도라고 해야 그가 하는 일의 느낌과 비슷해진다. 아래 시들에서 그는 그저 먹을 것을 만들고 있을 뿐이다. 그러나 그 과정을 문장으로 옮겨 적기만 해도 우리는 그것을 시로 읽을 수 있게 된다. 이것이 돌봄으로서의 요리이기 때문이다.

> 불을 피우기
> 미안한 저녁이
> 삼월에는 있다

> 겨울 무를 꺼내
> 그릇 하나에는
> 어슷하게 썰어 담고

> 다른 그릇에는
> 채를 썰어
> 고춧가루와 식초를 조금 뿌렸다

> 밥상에는
> 다른 반찬인 양
> 올릴 것이다

—「삼월의 나무」 부분

묵은해의 끝, 지금 내리는 이 눈도
머지않아 낡음을 내보이겠지만

영아가 오면 뜨거운 밥을

새로 지어 먹일 것입니다

언 손이 녹기도 전에
문득 서럽거나
무서운 마음이 들기도 전에

우리는 밥에 숨을 불어가며
세상모르고 먹을 것입니다

—「좋은 세상」부분

그러니까 돌봄으로서의 요리란 당신이 무언가를 먹
고 있는 미래에 혼자 미리 갔다 온 다음, 이번에는 당
신을 데리고 한 번 더 그곳에 가는 일이다. 음식을 함께
먹는다는 것이 특별한 일인 줄 모르는 사람은 없지만
그것이 도대체 얼마나 특별한 일인지 실감하기는 쉽지
않다. 어느 철학자의 표현을 빌리면 음식을 먹는 일은
"외적 실재의 조각들을 우리 몸에 집어넣는" 일인데 그
것은 다음과 같은 물음을 동반한다. "세계는 흡수해도
안전할까?"[4] 그러므로 내가 당신을 위해 음식을 만든다
는 것은 이 세계가 흡수해도 안전한 것임을 미리 확인

4   로버트 노직, 『무엇이 가치 있는 삶인가』, 김한영 옮김, 김영사,
    2014, pp. 73~74.

하고 당신에게 그것을 주는 일이다. 그렇게 우리가 함께 음식을 먹는 것은 우리의 안전함을 먹는 일이 된다. 그러고 보면 "당신의 이름을 지어다가 며칠은 먹었다"라는 첫 시집의 제목은 그의 첫 시집이 '자기'를 돌보는 불가피한 단계의 산물임을 암시하는 것일 수도 있겠다. 그리고 이제 그는 '당신'을 돌보는 사람이 되었다. ▨